Para Zac e India –K. B.

Para Kate –G. H.

Título original: The Bear in the Book

Publicado con el acuerdo de Farrar Straus Giroux, Nueva York, mediante la agencia literaria Sandra Bruna Agency, Barcelona, España

Provença, 101 - 08029 Barcelona
info@editorialjuventud.es
www.editorialjuventud.es
Traducción de Teresa Farran

Primera edición, 2012
DL 23225-2012
ISBN 978-84-261-3950-4
Núm. de edición de E. J.: 12.545
Printed in Spain
BIGSA, Avda. Sant Julià, 104-112, Granollers (Barcelona)

El libro del oso

Kate Banks

Ilustraciones de **Georg Hallensleben**

Editorial EJ Juventud

Había una vez un libro.
Era un libro cuadrado, con palabras y con dibujos de colores,
que vivía en una estantería junto a muchos otros libros.
Era el libro preferido de un niño pequeño.

Cuando llegaba la hora de acostarse,
el niño agarraba el libro de la estantería,
lo abría y miraba los dibujos.
Después se lo daba a su mamá.
Ella lo abría en su regazo,
y el niño se acurrucaba a su lado.

El libro trataba de un gran oso negro que se preparaba para dormir durante el invierno.

—¿Los osos duermen durante todo el invierno? —preguntó el niño.

—Sí —contestó su mamá—. Hibernan.

El niño giró la página.

El oso masticaba bayas y hojas. Se estaba engordando para el invierno. Luego recogía ramitas y se las llevaba a su cueva.

—Se está preparando una cama mullida —dijo la mamá del niño.

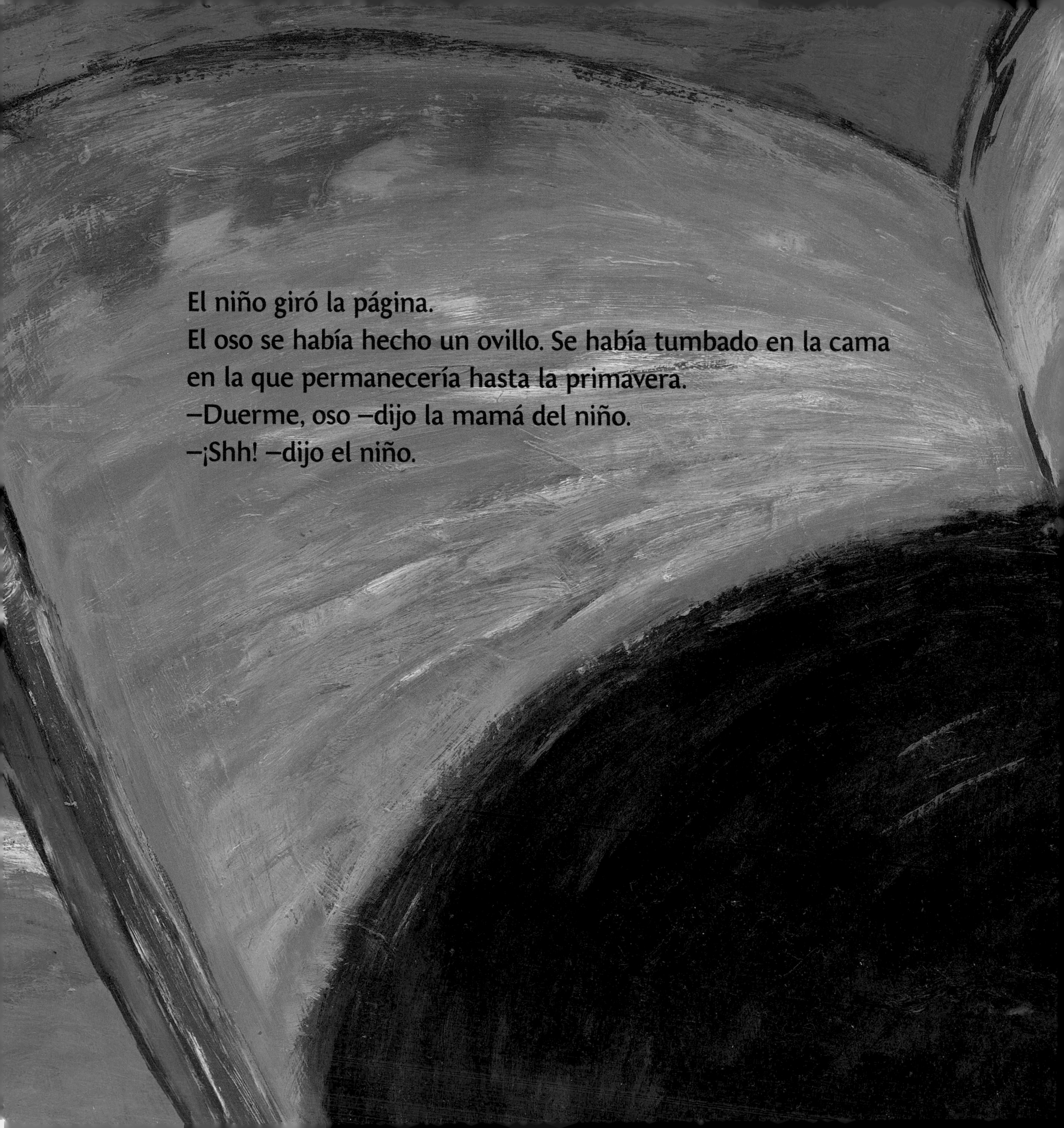

El niño giró la página.
El oso se había hecho un ovillo. Se había tumbado en la cama en la que permanecería hasta la primavera.
—Duerme, oso —dijo la mamá del niño.
—¡Shh! —dijo el niño.

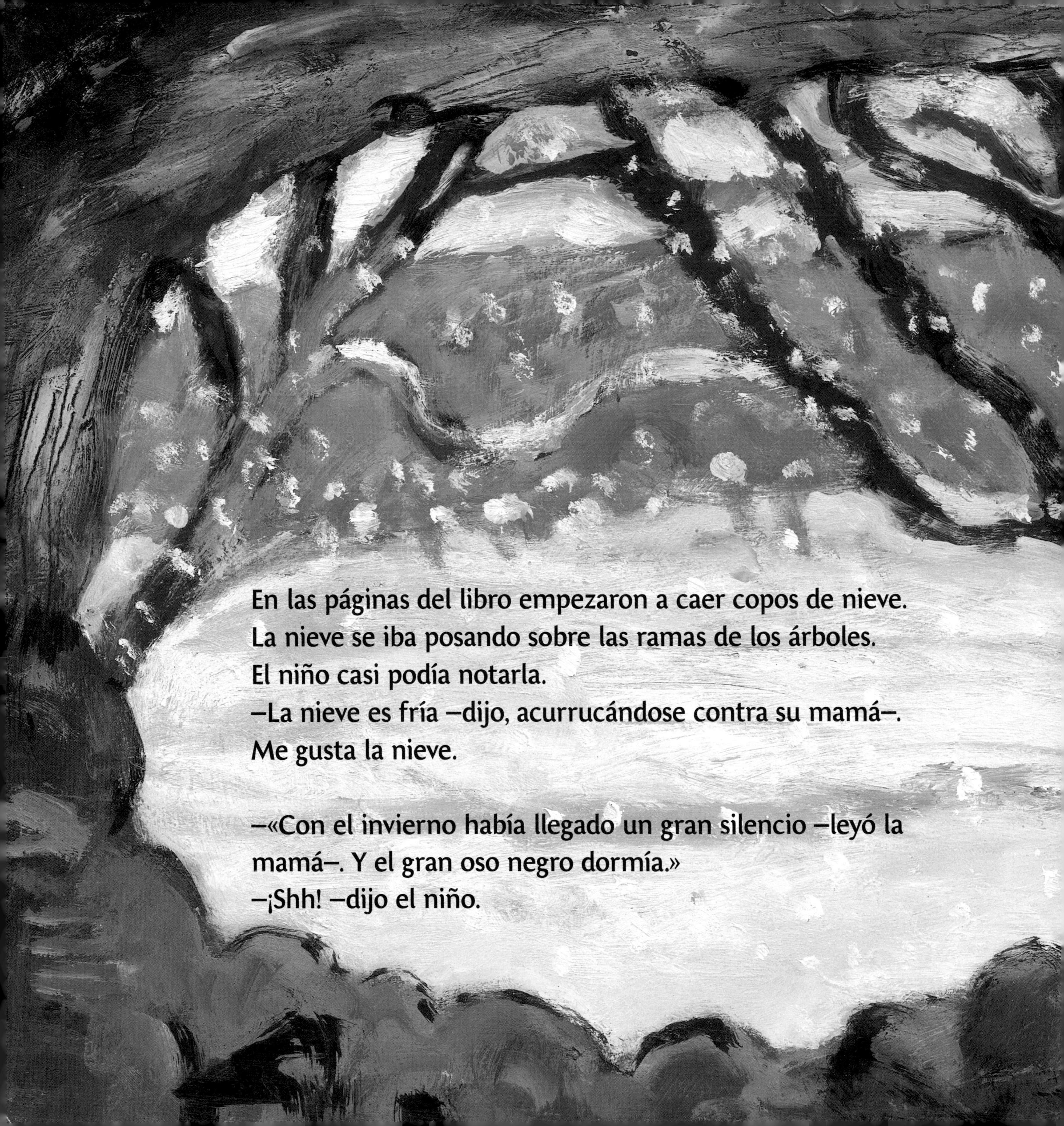

En las páginas del libro empezaron a caer copos de nieve.
La nieve se iba posando sobre las ramas de los árboles.
El niño casi podía notarla.
—La nieve es fría —dijo, acurrucándose contra su mamá—.
Me gusta la nieve.

—«Con el invierno había llegado un gran silencio —leyó la mamá—. Y el gran oso negro dormía.»
—¡Shh! —dijo el niño.

Fuera de la osera la vida seguía su ritmo.
Los conejos saltaban entre los montones de nieve.
El viento gélido soplaba a través de los campos
y los árboles se estremecían.
El niño encontró los animales escondidos en el dibujo:
un ciervo, un conejo y un zorro.

Luego señaló a los niños que patinaban sobre el hielo.
—«El lago se convirtió en un espejo helado» —leyó su mamá.
—Me gustaría patinar —dijo el niño.
—Cuando seas más mayor —respondió su mamá.

El niño tocó los bordes de las tapas del libro.
Después se subió al regazo de su mamá.
Sintió la suave tela de su blusa.
Ella le estrechó entre sus brazos y giró la página.

Brillaba el sol sobre el bosque.
–Amarillo –dijo el niño, sonriendo al astro brillante y redondo.
»Azul –dijo, tocando el cielo.
–Rojo –dijo la mamá, señalando unas manoplas.
–Y negro –dijo el niño, mostrando al oso dormido.
–Duerme, oso –dijo la mamá.

TONY

Pasaba una máquina quitanieves con gran estruendo.
Alguien cortaba leña para hacer fuego.
Pero el oso no se despertó.

La mamá volvió a girar la página.
El humo que salía de las chimeneas escribía mensajes en el cielo.
–«En la casa hay un fuego calentito, una mesa, una silla y una cama»
–leyó la mamá.

–Mi cama también está calentita –dijo el niño bostezando.
Se le empezaban a cerrar los ojos.

Ahora el niño giró la página.
Los árboles se habían sacudido la nieve de sus ramas.
El invierno se había ido sigilosamente, como un visitante cansado.
Pero el gran oso negro aún dormía.
—¡Shh! —dijo la mamá girando otra página.

Aparecieron los azafranes de primavera.
Un zorro bebía en un estanque.
–Tengo sed –dijo el niño.
Su mamá le llevó un vaso de agua.
El niño sostenía el libro. Escuchaba el ruido que hacían las páginas cuando las giraba hacia atrás y hacia delante.
–¡Shh! –dijo al oso dormido.

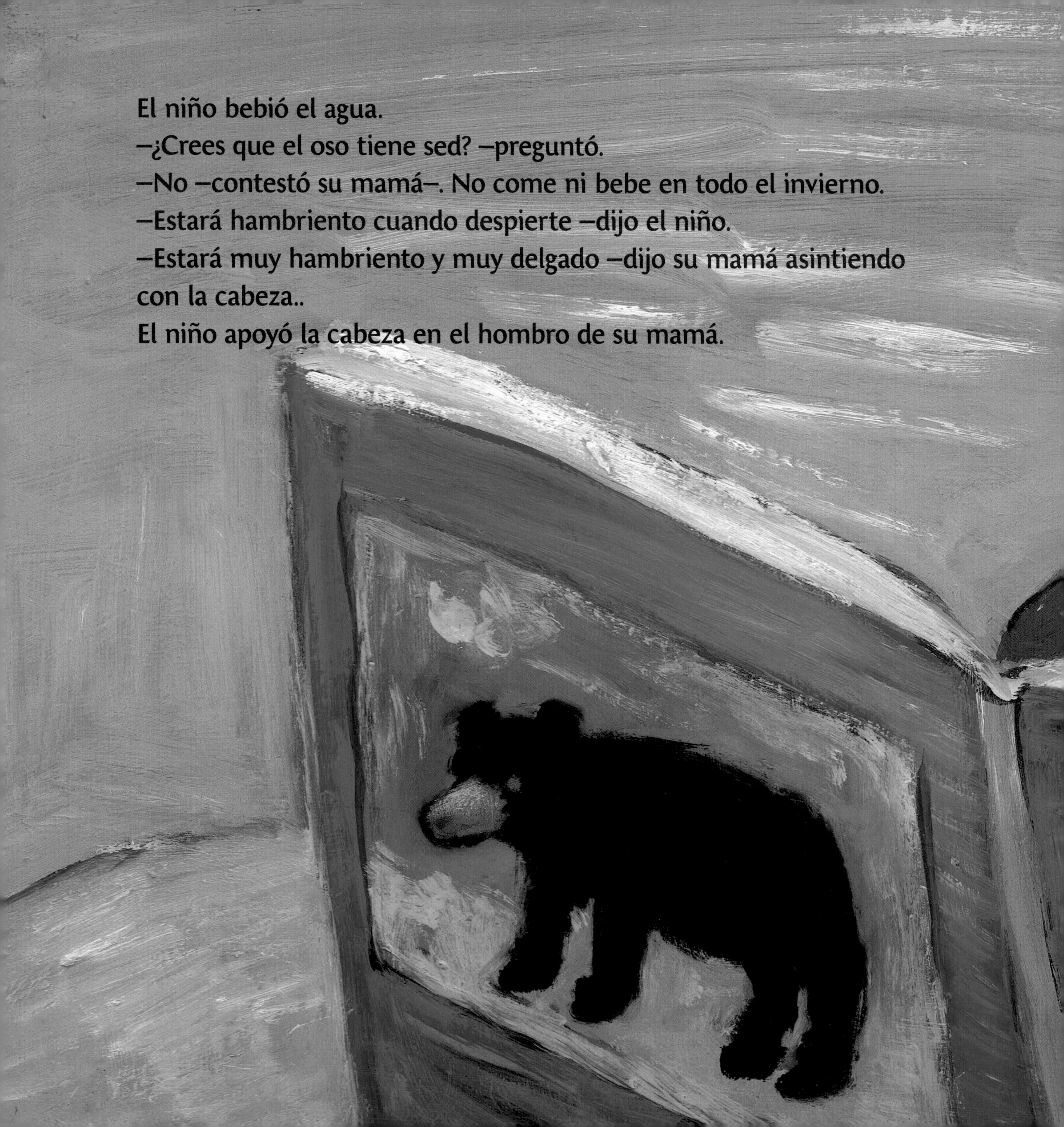

El niño bebió el agua.
—¿Crees que el oso tiene sed? —preguntó.
—No —contestó su mamá—. No come ni bebe en todo el invierno.
—Estará hambriento cuando despierte —dijo el niño.
—Estará muy hambriento y muy delgado —dijo su mamá asintiendo con la cabeza..
El niño apoyó la cabeza en el hombro de su mamá.

La mamá giró la última página del libro.
El oso estaba moviéndose en la cueva.
Un viento cálido le hacía cosquillas en el lomo.
Había llegado la primavera.
—Despierta, oso —dijo la mamá del niño—, despierta.

El oso se levantó,
cruzó la página
y salió al sol.
Pero los ojos del niño se habían cerrado.

Ahora el niño dormía. Su mamá le arropó en la cama.
Cerró el libro y le dio un beso de buenas noches.
–Duerme, mi niño –dijo–, duerme.